Regarde, je lis !

Une histoire à lire tout seul
Niveau 1

L'arrivée de Pato

Éric Battut
Professeur des écoles

Illustré par
Nathalie Desforges

Nathan

Samedi, Papi
a apporté un colis.
Noé a tiré la corde.

Là, il a vu une jolie
peluche.
– Oh ! La peluche
a remué !

La peluche n'est
pas une peluche.
C'est un chiot !

Noé a dit :

– Il est petit,

mais il a des pattes

énormes.

Alors Noé l'a appelé

Pato.

Noé a apporté un os
à Pato.
Pato s'est dit :
– L'os est dur !

Noé a amené
de la pâtée.
– Miam !, s'est dit
Pato.

Noé adore
la bagarre.
Alors, il a tapoté
le dos de Pato.

Pato n'a pas
supporté.
Il a mordu l'épée.
Elle est cassée.

Noé a hurlé.
Et Pato est vite parti.
Et il n'est pas revenu.

Depuis, Noé n'a pas
revu Pato.
Il a disparu.

Mardi, Noé a vu
un pipi sur le tapis.
Noé a dit :
– Pato est venu là.

Puis Noé a vu une
tache sur le canapé.
– Pato est passé
par là.

Alors Noé a appelé
Pato.
Pato s'est dit :
– Noé m'a pardonné.

À petits pas, Pato
est arrivé.
Il a amené une balle.
Il l'a donnée à Noé.

Pato ne raffole pas
de la bagarre,
mais il adore les
balles !

Qu'as-tu retenu de l'histoire ?

Qui a offert un chiot à Noé ?

Son papi.

Avec quel jouet Noé confond-il Pato au début de l'histoire ?

Il pense que c'est une peluche.

Pourquoi Noé a-t-il tapoté le dos de Pato ?

Parce qu'il voulait jouer à la bagarre.

Pato a-t-il cassé l'épée par méchanceté ?

Non, c'était pour se défendre, parce qu'il avait peur.

Comment Noé comprend-il que Pato n'est pas parti ?

Il trouve un pipi de Pato sur le tapis et une trace de patte sur le canapé.

Comment sait-on que Pato n'est plus fâché ?

Il sort de sa cachette et joue avec Noé.

Création maquette et mise en pages : Céline Julien
 – ISBN : 978-2-09-193331-3
N° éditeur : 10273463 - Achevé d'imprimer en France en mai 2021 par Pollina - 97950